CÉCILE ET VALÉRIUS,

OU

LES MARTYRS DES CATACOMBES DE ROME;

PAR M. DE LA SERRIE

(de la Vendée).

AVEC QUATRE SUJETS DESSINÉS ET GRAVÉS DE SA MAIN.

A PARIS,

DE L'IMPRIMERIE DE DIDOT LE JEUNE,

IMPRIMEUR DE LA FACULTÉ DE MÉDECINE.

1817.

Seizième petit volume in-18, de la Collection
des Œuvres de M. DE LA SERRIE. A Paris,
chez DIDOT et BRADEL; à Bruxelles, chez
DE RANCAY.

CÉCILE

ET

JULIUS VALÉRIUS,

O U

LES MARTYRS DES CATACOMBES DE ROME.

Sanguis martyrum semen christianorum.
TERTULIEN.

. . . .
. . . .
. . . .
. . . .
. . . .

« DESCEND, ye nine ! descend and sing ;
« The breat hing instruments inspire ;
« Wake into voice each silent string ,
« And sweep the sounding lyre !
« In a sadly-pleasing strain
« Let the warbling lute complain :
  « Let the loud trumper sound
  « Till the roofs all around
  « The shrill echos robound :
« While in more lengthen'd notes and slow
« The deep, majestic, solemn organg blow.
  « Hark ! the numbers soft and clear ,
  « Gently steal upon the ear ;

« Now louder, and yet louder rise
« And fill with spreading sounds thes skies ;
« Exulting in triumph now swell the bold notes,
« In broken air, trembling, the wild music floats ;
« Thill, by degrees, remote and small,
   « The strains decay
   « Aud melt away,
  « In a dying, dying fall.....

....

....

Je venais de lire cette belle invocation de Pope à sainte Cécile, et, plein de sa noble harmonie, je voulus savoir l'origine de cette vierge, célèbre en poésie et en musique. Je me mis à feuilleter les légendistes et les martyrologes italiens et français, les dictionnaires des grands personnages, et je ne trouvai rien de positif dans ces énormes recueils sur la patrone des mélodistes, à qui Pepusch, Leo, Durante, Jomelli, Pergolèse, Gossec, Méhul, et autres musiciens célèbres ont consacré quelques-unes de leurs veilles.

Les temples de Naples, de Rome, de Florence, de Turin, de Lisbonne, de Paris, retentissent tous les ans, le 22 novembre, d'une musique mélodieuse en l'honneur de cette sainte, qu'on admire par tradition, sans connaître son origine.

Un jour ayant ouvert par hasard les Œuvres de Grégoire de Tours, historien latin du septième siècle, je m'y arrêtai un moment, parce que je m'aperçus que cet évêque avait consacré un petit article d'une feuille à la mémoire de sainte Cécile : cette découverte imprévue ranima mon zèle et sourit à mon imagination. Cependant je n'ai rien emprunté de cet auteur latin, si ce n'est le petit article marqué par des *guillemets* (») dans le cours de ma narration. J'ai arrangé les épisodes à ma fantaisie ; chaque écrivain a sa manière de peindre le sujet qu'il se propose, en ayant soin d'ailleurs de ne pas offenser le goût et la délicatesse de personne.

Ce que je dis des catacombes est une description d'idée, mais véritable, d'après les belles gravures d'Hamilton, des frères Piranèses, Suvée, Robert-le-Fèvre, voyageurs et artistes qui ont parcouru ces immenses souterrains de la ville de Rome, et les ont dessinés tels qu'ils étaient au temps de la primitive Église, et tels qu'ils sont encore aujourd'hui.

L'amitié me fait un devoir également de prévenir qu'il existe une petite notice très-bien faite sur sainte Cécile, contenant deux pages du Journal ou Correspondance de musique de M. Porro, l'un des professeurs du Conservatoire, à qui l'article de l'évêque de Tours n'a pas été inconnu, puisqu'il en a su faire aussi un heureux usage dans son numéro 94 de l'année 1808.

CÉCILE était née à Rome, dans la rue Flavienne, vers le troisième siècle, de parens illustres qui descendaient de Cornélie, mère des Gracques. Ses aïeux avaient embrassé la foi sous le règne de Tibère ; elle avait donc été élevée dans la religion chrétienne par son père et sa mère, qu'elle eut la douleur de perdre dans un âge encore tendre, à douze ans. Son éducation fut continuée par son aïeule la vénérable Sézanne.

Cécile, parvenue à l'âge de 19 ans, faisait l'admiration de Rome par sa beauté, son esprit, ses talens en musique, le charme de sa voix, ses vertus, sa douceur, sa vie édifiante ; chacun voulait la voir, l'entendre, l'admirer. Encore que

Cécile se distinguât par sa piété, le précieux lin d'Egypte, la soie, l'or, les pierreries ajoutaient à la richesse de ses vêtemens et à l'éclat de sa personne : voilà pourquoi les grands peintres d'Italie nous la représentent toujours vêtue avec des habits magnifiques; c'est une licence de leur part quand ils la posent devant un orgue ou un clavecin, deux instrumens inconnus du temps de notre sainte, qui n'avait pour accompagner sa voix que la harpe hébraïque, qui diffère de beaucoup de notre harpe moderne.

Un lieutenant des gardes du palais de Dioclétien, nommé *Valérius-Julius*, jeune, bien fait de sa personne, n'ayant pour famille qu'une sœur appelée *Marceline*, allait souvent chez un de ses amis, dans une maison de la rue Flavienne, qui était en regard de celle qu'habitait Cécile. Les façades de ces deux maisons se distinguaient par d'élégantes tribunes soutenues sur un double rang de colonnes de marbre; ensorte que d'une maison à l'autre on pouvait aisément se voir. Cécile s'était déjà aperçue des assiduités de ce jeune lieutenant des gardes du palais, qui joignait à des manières nobles une figure douce et agréable : on l'avait trompée en lui disant que Valérius était chrétien; Cécile le croyait, mais elle cessa d'en douter quand elle apprit de son aïeule Sézanne que trois de ses parentes de la Campanie, dénoncées à l'empereur Dioclétien par Halifax, proconsul de cette province, devaient être amenées à Rome par une escorte, sous la conduite même de Valérius, pour y être punies des derniers supplices, comme chrétiennes. Il est vrai que Valérius se refusa à cette mission, et que les choses en demeurèrent là, parce qu'il eut la prudence de faire entendre à Dioclétien que ces trois femmes d'un rang distingué, dénoncées à son tribunal, se glorifiaient au contraire de vivre sous le règne d'un prince aussi pacifique que le sien.

C'est dommage en effet que cet empereur fût cruel seulement pour les chrétiens, qu'il haïssait sans raison, et simplement à cause des plaintes exagérées que ses adulateurs lui faisaient sans cesse de ce peuple docile et soumis. — Dioclétien, dit Suétone dans sa Vie des empereurs, avait beaucoup d'adresse et de ressource dans l'esprit, des idées grandes et vastes; il protégea les sciences et les beaux-arts, dont il estimait que la culture contribuerait à illustrer son règne et à perpétuer la gloire de son nom. Il était naturellement violent et emporté; mais il s'était accoutumé de bonne heure à se vaincre lui-même, et il savait cacher jusqu'à ses actions injustes sous des apparences de justice et d'utilité. Pendant son règne, dont la durée avait été de vingt ans, il orna de superbes édifices plusieurs grandes villes, entre autres, Rome, Carthage, Milan, Nicomédie.

Julius Valérius fit demander la main de Cécile par Tibérinus, ancien préfet de Rome, converti récemment à la foi par S. Epiphane; il lui promit de se faire chrétien, s'il avait le bonheur d'obtenir celle qu'il aimait. Flatté de ce choix, Tibérinus présenta dès ce jour même à Sézanne son jeune ami, digne, par sa belle âme, par sa fortune et sa naissance, d'aspirer à la main d'une personne si élevée en mérite. Il fut accepté. Cécile, soumise aux ordres de son illustre parente, garda un religieux silence; elle avait vingt ans, et possédait ce véritable amour de piété qui donne de l'éclat au corps et à l'âme, embellit le génie et les talens; car on peut dire que l'absence de cette vertu touchante rend malheureuses les personnes qui en sont privées.

On fixe l'époque du mariage; l'union paraît

assortie et heureuse de part et d'autre. Cécile est
revêtue de la robe nuptiale, où l'élégance des des-
sins s'unissait à la finesse du tissu. Une douce
musique, signal des réjouissances, se fait entendre ; tandis que Cécile, retirée dans son appartement, adressait des prières au dieu des chrétiens :
O vous, Seigneur, disait-elle, qui d'un coup-d'œil
faites trembler la terre, et qui faites fumer la
cime des montagnes par les foudres dont vous les
frappez (*) ; ô mon Dieu, conservez mon corps
et mon cœur purs ! que le fleuve de la grâce ne
coule point en moi sur un sable aride ; que je ne
devienne pas honteuse devant le Seigneur, à qui
je me consacre tout entière en ce jour !... —
Julius étant venu l'interrompre en ce moment,
elle lui dit : Mon aimable, mon doux ami, vos
paroles et vos regards tendres m'ont pénétré le
premier jour que je vous ai vu ; mais je ne vous
ai pas révélé un secret important qui vous tou-
che : que si vous voulez me promettre le silence,
je vous révélerai ce secret qui repose dans mon
sein ; car il faut qu'il passe dans le votre, et qu'il
y reste aussi.—Pouvez-vous douter de ma foi, de
ma tendresse, de ma discrétion ? reprit Valérius.
—Hé bien, puisque vous voulez ce secret.....
J'ai un amant.—Un amant ! s'écrie Julius avec
l'accent de la passion d'un homme désespéré....
—Du silence et de la modération, je vous prie ;
oui, un amant, mais il aime à gémir dans la so-
litude et à produire les fruits de la pénitence.—
Expliquez-vous, Cécile ! — Il m'instruit à la
pratique des bonnes œuvres ; il m'enseigne la voie
qui mène à la demeure de Dieu.—Encore une
fois, Cécile, expliquez-vous plus franchement ! —
Enfin, cet amant qui vous cause déjà de la jalou-

(*) *Qui respicit*, etc.

sie, c'est l'ange de Dieu ; il conserve mon inno-
cence ; et si vous étiez assez téméraire que de me
toucher, au lieu de devenir un homme heureux
(Cécile changeant de voix), tu deviendrais sem-
blable aux esprits impurs des ténèbres ; la fleur
de ton jeune âge se flétrirait, et nous ne serions
plus dignes ni de l'un ni de l'autre. Ecoute, Valérius : si tu veux m'aimer d'un amour chaste, et
non point avec les désirs du tourment, alors celui
qui m'aime t'aimera, et tu jouiras du charme de
sa bienveillance et de ses douceurs....

A ces paroles mystérieuses un torrent de lumière
pénétra l'âme et les yeux de Valérius ; son front
devint comme rayonnant d'une gloire nouvelle ;
il parut beau comme le juste assis à la droite du
Seigneur ; et, se modérant insensiblement, il dit
à Cécile d'un langage inspiré : Mon amie, prouve
les paroles que tu viens de me dire, fais-moi voir
cet amant qui te captive seul ; si c'est réellement
un ange du Dieu des chrétiens, sois assurée que
je t'obéirai, que je saurai me vaincre et céder à
cette puissance surnaturelle qui te favorise ; je te
préviens aussi que, si c'est une vile créature, un
rival, un homme téméraire....—Moi et celui que
j'aime, dit Cécile en l'interrompant, ne craignons
point de succomber à tes efforts ; Julius, crois-en
le Dieu qui est au ciel et que je sers dès ma plus
tendre enfance ; tu es païen, fais-toi purifier par les
eaux du baptême, j'ose alors t'assurer que tu verras
mon ami, et qu'il te sera aimable comme à moi.
—Dis, Cécile, qui me donnera ce baptême afin
que bientôt j'établisse entre ton ami et toi cette
alliance que tu désires ; car je crois que ta parole
est infaillible comme celle du grand Jupiter.—
Abandonne ce dieu des idolâtres, Julius, attache-
toi dès aujourd'hui au dieu de Cécile, le seul
dieu qui gouverne le ciel et le monde ; ton Ju-

piter est le dieu des démons, il faut y renoncer pour me plaire.—Mais encore, dis-moi comment recevrai-je ce signe du baptême que tu exiges? —Aimable ami, je reconnais que tes paroles s'adoucissent, mon dieu veut t'avoir sous sa loi : prends la route qui conduit aux catacombes; là il existe un vieillard grand par son nom et sa sainteté, Epiphane, cet évêque que l'empereur fait chercher en vain pour le faire mourir dans les supplices; tu n'ignores pas qu'il ravit chaque jour à tes faux dieux quelques-uns de leurs adorateurs, et voilà ce qui enflamme de courroux Halifax, Polinius et Dioclétien. Va donc trouver S. Epiphane; dis-lui que c'est Cécile qui t'envoie à lui, il te donnera le baptême; n'oublie pas de faire l'aumône aux pauvres et aux saintes femmes que tu trouveras sur ta route, et qui prient. Si tu as le bonheur de parvenir à ce pontife vénérable, tu l'instruiras de ce qui s'est passé entre nous; il te comprendra. Tu lui révéleras que tu es païen, que tu veux être baptisé. Il te fera revêtir d'une robe blanche comme le lis de nos jardins; il priera pour toi, te baptisera; et ton cœur deviendra pur; Jupiter ne sera à tes regards qu'une idole abominable. — Mais quelle route secrète dois-je tenir pour arriver à S. Epiphane?—Je vais te l'enseigner, reprit Cécile; écoute bien : traverse Rome, la ville aux sept collines, qui sera un jour le centre de l'Eglise de Dieu; prends la voie Appienne sur la gauche, jusqu'à ces trois colonnes brisées, reste d'un ancien temple élevé à Auguste, que tu aperçois à une certaine distance de nous. Arrivé à ces colonnes, tu suivras le mur latéral de ce vieux monument que vous appelez, je crois, *le tombeau des Scipions :* de là tu apercevras la cinquième colline et le palais des Césars sur ta droite; un sentier tortueux, marqué de

distance en distance par des pierres taillées en
triangle, te conduira à la ruine d'un édifice anti-
que et isolé ; tu traverseras dans sa longueur le
péristyle ; tu trouveras à l'extrémité deux marches
de marbre couvertes de ronces, et dans un petit
enfoncement obscur, qui semble annoncer l'entrée d'une carrière, tu verras une porte cintrée
et d'un bois épais ; tu y frapperas trois coups, qui
est le signal donné : cette porte s'ouvrira ; alors tu
n'auras qu'à montrer cette petite pièce d'ivoire
que je te donne, sur laquelle est empreint *un
agneau avec sa croix*, symbole de notre croyance : un vieillard, te servant de guide, te conduira
sans crainte dans les catacombes, sous la ville de
Rome. D'abord à l'entrée, pour ôter tout soupçon
aux païens, on a conservé exprès un édifice qui
servait autrefois à célébrer avec magnificence,
comme à Athènes, les fêtes Panathénées en l'honneur de votre déesse Minerve ; et à côté de cet
édifice on y a laissé debout une petite rotonde en
marbre blanc en l'honneur de votre Cérès, et
décorée encore de quatre belles statues, ouvrage,
à ce qu'on assure, de Polyclète, sculpteur grec.
Ces vastes souterrains, témoins de nos pieux ras-
semblemens, sont encore ignorés de ceux qui
nous persécutent. Je te dirai qu'ils se divisent en
plusieurs galeries serrées les unes contre les autres, et travaillées, avec un art infini, de la main
des hommes. Tu y verras sculptés en relief, sur la
pierre, plusieurs beaux passages des saintes écri-
tures. Tu remarqueras une salle spacieuse dont
le dôme, soutenu par un double rang de colonnes, laisse voir plusieurs peintures d'un style
majestueux ; ensuite des vases, des urnes, des
figures, des autels symboliques, tous monumens analogues à la religion des chrétiens. Sous

ce dôme est un autel éclairé par douze lampes
d'argent. Ensuite ton guide te fera traverser une
autre galerie non moins spacieuse que la première, qui te mènera à un autre monument revêtu
aussi d'inscriptions sacrées ; là est sainte Marie :
son image éblouit la vue par la richesse des or-
nemens, la beauté des pierres précieuses et l'éclat
des lampes allumées. Tu quitteras cet oratoire
pour longer un vaste portique travaillé admira-
blement dans la pierre blanche ; il est habité par
des chrétiens solitaires qui se vouent jour et nuit
à la prière et à l'instruction des néophytes. Ce
portique finit à une enceinte circulaire qu'on
appelle *le Tombeau des Martyrs*, parce que c'est
là où l'on transporte en silence, la nuit, les dépouilles des fidèles martyrisés depuis la prédica-
tion de l'Evangile : tu verras même au fond de
cette enceinte deux cénotaphes faits avec des
ossemens de chrétiens mis à mort sous le règne
de vos empereurs. Tu quitteras ce séjour, effrayant
sans doute pour les idolâtres, et qui n'a rien de
terrible pour nous, qui dédaignons la vie pour
recevoir la mort quand elle est ordonnée par Dioclétien. Tu arriveras par une belle galerie à un
temple consacré à S. Etienne, premier martyr de
la foi : ce temple magnifique t'étonnera par son
étendue et sa richesse ; en le voyant tu ne pourras
t'imaginer être enseveli sous la ville de Rome,
dans de profondes carrières qui pénètrent même
jusque sous le palais et le trône des Césars ; tu
admireras, dis-je, dans ces retraites inconnues,
la foi à toute épreuve des chrétiens : c'est dans
cette église de S. Etienne, éclairée par un soleil
de lumière, qu'Epiphane te recevra au baptème,
devant un vaste bassin de porphyre qui renferme
l'eau purifiée à cet usage. Voici, continua Cécile,

une faible idée des catacombes de Rome, séjour
de paix et de sainteté, ouvert à tous les hommes qui
désirent servir Dieu.

Julius Valérius, dans un silence d'admiration,
écoutait encore, que sa bien-aimée avait cessé de
parler ; et en rompant le silence : O fille sans tache ! ô fille du ciel ! nos prêtresses, nos sibylles,
nos vestales ne s'expriment point comme ta bouche ; elles ne répandent point comme toi dans l'âme
de ceux qui les écoutent ces torrens de lumière
qui pénètrent en ce moment partout mon être ;
belle épouse de mon âme, Valérius sera digne de
toi et du dieu que tu sers..... A ces mots il la
quitte, et, plein d'une inspiration inconnue, il
prend exactement la route que lui a prescrite Cécile. Il trouve bien la porte mystérieuse désignée ;
il y frappe trois coups, on lui ouvre ; un vieillard respectable se présente et lui demande ce
qu'il cherche. Julius dit, en lui montrant la petite
pièce d'ivoire sur laquelle était l'agneau symbo-
lique : Je suis l'envoyé de Cécile, celle qui pré-
side dans ces catacombes aux chants divins des
jeunes vierges chrétiennes. A ce nom de Cécile le
vieillard lui baisa les pieds : — Mon fils, soyez le
bien-venu ; et aussitôt il alluma une torche com-
posée de cire blanche, d'ambre et de bois d'aloès,
en lui disant, Où voulez-vous que je vous mène ?
— A S. Epiphane : j'ai à lui révéler des choses
importantes pour le bonheur de ma vie et celle
de Cécile. Valérius alors suivit son vieux guide,
allant de surprise en surprise à travers ces galeries immenses éclairées par un nombre infini de
lampes, qui toutes, projetant la lumière sous les
voûtes les plus éloignées, répandaient la bonne
odeur des sanctuaires. Il traversa une longue
tribune où il y avait des pupitres de musique
avec divers instrumens ; il y reconnut, à l'éclat

de la dorure, la harpe de Cécile. Ah! mon fils, lui dit le vieillard, si vous l'entendiez quand elle chante les louanges de Dieu et qu'elle accompagne sa voix sur ce noble instrument, l'âme se fond avec ses paroles célestes. Il leva ensuite un grand voile d'étoffe précieuse qui séparait la tribune du temple consacré aux douze apôtres, monument d'architecture et d'élégance par ses nombreux portiques. Valérius y aperçut une foule de chrétiens en prières ; il vit dans la chapelle des martyrs le vénérable Epiphane avec sa tête chauve, sa longue barbe blanche ; il éblouissait par le feu des pierreries qui brillaient sur ses habits ; sa physionomie calme ressemblait à un ciel d'azur parsemé d'étoiles ; sur son front reposait le siége de la sainteté ; sur ses lèvres, le sourire de la joie des anges.—Ah, dit Valérius à son guide, hâtons-nous de descendre dans le temple pour aller saluer le pontife. Ils descendirent, s'avancèrent à la chapelle où saint Epiphane était en prière : Bon pasteur, lui dit Valérius, Cécile m'envoie devant toi : je suis idolâtre ; je tiens même de près à la maison de l'empereur, étant un de ses lieutenans ; mais ne redoute point Julius-Valérius, il est incapable de te trahir.—Mon fils, vous avez prononcé le nom de Cécile, vous m'avez montré la croix de l'agneau sur cette pièce d'ivoire, je suis rassuré ; sans doute que déjà elle a ouvert votre âme à Dieu par la douceur de ses préceptes. Mon fils, vous m'avez trouvé priant auprès des tombeaux des saints martyrs de notre foi ; cette enceinte où je vous ai reçu est sacrée, et à peine si les chrétiens osent y mettre les pieds : ces monumens que vous voyez couvrent les restes précieux de quelques apôtres qui accompagnèrent durant leur vie le Sauveur du monde ; vous le connaîtrez ce Sauveur, et par un ordre de sa pro-

vidence, vous lui obéirez sans orgueil et sans
scandale : Mon fils, approchez-vous de cet autel
où brûle l'huile embaumée dans ces sept lampes
d'or, et sur lequel repose le livre saint scellé des
sept sceaux.... Epiphane ayant ouvert le livre,
ses habits prirent la blancheur de la neige, sa
tête fut rayonnante, et l'anneau qu'il avait au
doigt brilla d'un éclat lumineux.—Julius-Valérius,
effrayé, tomba par terre, prononçant ces paroles
inarticulées.... La gloire de ton Dieu m'accable....
Je sens mourir dans mon cœur la puissance de
Jupiter.... Je vois le triomphe de la croix, ce
signe de la rédemption des chrétiens. — Saint Épi-
phane releva Valérius, et lui présentant toujours
le livre, il lui dit : Mon fils, lisez, ne craignez
rien, vous ne vivrez plus au rang des ennemis
du Christ.—Valérius se rassura et lut dans le livre
ces mots écrits en lettres étincelantes : UN DIEU
PÈRE QUI VEILLE SUR NOUS TOUS, UN DIEU
QUI COMMANDE, UN DIEU QUI VEUT ÊTRE
OBÉI.... Le pontife lui demanda : Croyez-vous
ce que vous venez de lire? ces paroles sont-elles
suffisantes pour vous faire renoncer au culte des
idoles ? — Julius-Valérius répondit d'une voix
humble, mais ferme et assurée : OUI, JE CROIS ;
le dieu des chrétiens a touché mon cœur ; je hais
déjà l'héritage des péchés de mes pères; je renonce
au culte sacrilége des idoles ; je le sens, le Christ
et Jupiter ne peuvent être ensemble, et ce qui est
impur ne peut approcher de l'Agneau sans tache.
—L'évêque alors lui fit le signe de la croix ; le
revêtant ensuite de la robe blanche des catécu-
mènes, il le mena à l'autel de S. Jean-Baptiste,
et lui donna le baptême ; et après quelques in-
structions nécessaires touchant les vérités de l'Evangile, il lui dit : Allez mon fils, heureux l'homme
qui vous ressemble en ce moment; retournez à

Cécile, qui vous a adressé au plus indigne des serviteurs de Dieu ; écoutez ses leçons, et faites ce
qu'elle vous dira.

Cécile n'avait cessé d'attendre le retour de Valérius ; assurée par un songe qu'il était chrétien,
elle avait vu avec douleur que son époux mois-
sonnerait bientôt avec elle les palmes du martyre :
Effrayée de ce songe, elle jeta un cri, et connut
au battement de son cœur que Dieu venait de
l'avertir de se préparer à ce grand sacrifice. Ré-
signée et pleine d'espérance, elle prit sa harpe
pour se recueillir, et chanta ces paroles :

QUEL est ce feu qui brûle dans mon âme,
Ce doux transport, ce délire sacré,
J'éprouve en moi cette céleste flamme
D'un Dieu qui parle et m'inspire à son gré :
Obéissons à la douce influence
Du saint des saints et du maître des rois ;
Valérius, rédisons sa puissance,
Et que ma harpe accompagne ma voix.

Du cœur pervers sondons l'affreux abîme,
Dans ses replis portons des yeux tremblans ;
Qui trouverai-je ? aveuglement et crime,
Ou des remords les éternels tourmens.
Valérius, dans son erreur profonde,
Ne s'endort plus ; la révélation,
Pour le sauver des périls de ce monde,
Brise l'autel de profanation.

Oui, Jupiter, ta divinité cesse,
La croix triomphe, et ton culte n'est rien ;
On foule aux pieds une impure déesse,
Et tous les dieux de l'empire païen.

Je vois l'apôtre étendre sa lumière ;
Le pur agneau s'avance avec douceur ;
L'Eglise appelle , et bientôt Rome entière
Ressortira de la nuit de l'erreur.

Au Capitole on voit grossir la foule
Criant : A mort les serviteurs du Christ ;
De toutes parts le sang des martyrs coule ;
Le nom chrétien est abhorré , proscrit ;
Mais ce chrétien en qui la foi domine ,
Aux échafauds abandonnant son corps ,
Ressent déjà que la grâce divine
Sur tout son être épanche ses trésors.

Il cessera ce froid et long délire ;
Il finira ce culte des païens ;
Du temple impur le voile se déchire ;
Jérusalem apparaît aux chrétiens :
Dieu consolant , dont l'aimable puissance
Prend en pitié les fragiles humains ,
Entoure-moi de ton œil de clémence ,
Impose-moi tes ineffables mains.

Après le deuil suivent des jours de fêtes ;
Rome devient la reine des cités ;
Rome et la croix , l'hostie et les prophètes
Brisent l'autel des fausses déités.
Triomphe , Rome , et que cette victoire
Etende au loin nos acclamations ,
Qu'un peuple heureux solennise la gloire
Du roi du ciel, du dieu des nations....

Cécile se tut à ces dernières paroles ; et Julius

Valérius arrivé des catacombes, ayant entendu ce chant divin, avait marché à la maison de Cécile par la galerie extérieure de son appartement; il s'était approché d'elle sans bruit, respirant à peine, crainte d'interrompre son cantique. Jamais Cécile ne lui parut si belle et si pure : « Il vit « l'ange du Seigneur debout à côté de cette jeune « sainte vivante, la couvrant de ses ailes ; il sem- « blait la protéger contre toute atteinte profane ; « ses grandes ailes déployées ressemblaient à deux « oriflames : il tenait dans ses mains une guirlande « de roses, et une autre de lis : Il donna la première « à Cécile, et l'autre à son époux, en lui disant. « Conservez ces guirlandes pour la plus parfaite « pureté de vos cœurs ; je les ai tressées pour « vous : remarquez bien qu'elles ne se faneront « jamais ; qu'elles ne perdront point leur agréable « odeur, et qu'elles seront invisibles pour tout « homme dont le cœur n'est point embrasé du « feu du céleste amour » (*). A ces mots prophé- tiques, l'ange s'éleva dans les airs, laissant après lui la bonne odeur des chérubins : les deux époux le suivirent long-temps des yeux, et s'entretin- rent de ce qui venait de se passer. Valérius en- suite raconta à Cécile comment le saint vieillard Epiphane l'avait accueilli dans les catacombes de Rome, lui faisant part en même temps de son admiration pour toutes les choses qu'il avait vues et entendues, et de ses craintes que ces retraites ne fussent découvertes à Polinius.

(*) Version du texte de S. Grégoire de Tours.

Effectivement, on ne sait comme il apprit que les chrétiens s'assemblaient dans les catacombes : ce n'est qu'à force de recherches et d'espionnages qu'il avait découvert ces oratoires, inconnus jusqu'alors aux païens. La veille de Pâques, il manda secrètement à ses ordres deux cents hommes d'armes les plus déterminés. Onze heures du lendemain fut le signal indiqué pour la plus épouvantable exécution de mémoire d'homme : c'était l'heure du recueillement pour les chrétiens ; chaque fidèle s'humiliant, le visage contre terre, priait avec adoration et ferveur. Polinius, suivi du commandant d'armes, ordonne d'investir les catacombes par les principales entrées, avec le glaive et la hache à la main.... Dans l'instant on entendit ce cri : *Nous sommes perdus ! Dieu de miséricorde, ayez pitié des chrétiens !*... Ce cri lugubre et étouffé circule dans toutes les galeries de ces vastes demeures souterraines. Polinius ordonne le massacre, et aussitôt ses soldats s'acharnent à leurs victimes sans défense : le sang ruisselle partout ; ils entassent pêle-mêle hommes, femmes, vieillards, enfans, ministres du Seigneur ; ces assassins parcourent les voûtes spacieuses en faisant un horrible carnage des chrétiens, qui n'avaient pour défense dans ce jour de douleur que leurs cris lamentables et leur désespoir.

Cependant Julius-Valérius, à travers cette épouvante, désarma à lui seul un capitaine des gardes, et défendit avec son épée plus de douze cents fidèles réfugiés dans les sanctuaires ; il ef-

fraya même par son intrépidité le lâche Polinius; mais, comme il le poursuivait, il fut en-
touré par des licteurs armés de leurs haches, et
cela au moment où Cécile accourait à lui pour
le rassurer dans ce danger où elle le voyait.
Chère Cécile, lui cria-t-il avant d'expirer, si,
comme moi, il faut que tu meures aujourd'hui
dans ces catacombes ensanglantées, recommande
qu'on mette dans un même cercueil ton corps
avec le mien; dis qu'on y grave ensuite un phé-
nix, symbole de notre croyance et de la résur-
rection..... A ces mots Cécile se jeta à genoux,
et éleva les mains au ciel, ayant à côté d'elle
la jeune Agnès, l'admiration de l'Église par sa
sainteté et son héroïsme; car Dioclétien, ayant
voulu un jour éprouver sa foi, lui ordonna d'a-
vancer en sa présence et de brûler de l'encens
devant les dieux, lui offrant sa liberté et des
honneurs, si elle y consentait, et la mort, si elle
y opposait un refus. Cette jeune vierge lui répondit avec assurance : Dioclétien, je te respecte
parce que tu es revêtu de la pourpre impériale,
et que tu es aimé des Romains; mais sache que
ce n'est qu'au vrai et seul Dieu à qui je fais chaque jour des offrandes par mes prières : mainte-
nant tu es maître de ma vie comme de ma mort.
L'empereur, étonné de ce courage, la renvoya
avec bienveillance, en recommandant qu'il ne
lui fût fait aucun mal. Elles priaient donc à côté
l'une de l'autre au milieu du massacre qui se con-
tinuait dans ces sanctuaires, où les bourreaux ne
trouvaient plus de résistance; elles priaient sans

être effrayées de la mort qui les environnait. Polinius, s'avançant avec ses gens vers ces deux célestes têtes, dit à la première, Qui es-tu? — Je
suis Cécile, l'humble servante du Seigneur. — Et
toi? s'adressant à la seconde. — Agnès, âgée de
quatorze ans, mais qui ne craint pas de mourir,
et qui tourne ses regards vers cette gloire qui
l'appelle à un séjour plus heureux. — Il faut que
l'une et l'autre sacrifient à Jupiter, sous peine de
la mort. — Cécile prenant la parole : Polinius tu es
couvert du sang de mon époux, et tu veux que
je sacrifie à Jupiter; j'ai vu son âme enlacée avec
la mienne, qu'un ange éclatant comme le soleil
est venu recevoir. Ne crois pas que la jeune sainte
Agnès et moi, ici dans ce péril extrême, nous
cherchions à sauver notre vie; car nous ne la
perdons pas, nous la changeons contre une plus
belle : nous quittons une habitation étroite et som-
bre pour une plus grande et plus brillante, l'obs-
curité pour la lumière, la tristesse pour le plaisir:
pourquoi nous borner au temps, nous chrétiens,
qui sommes immortels » (*)... Polinius, indigné
de ces paroles hardies, fit un signe à ses bourreaux
pour qu'ils les missent nues et les perçassent du
glaive; mais à mesure qu'ils déchiraient les vêtemens de ces jeunes vierges pour les outrager,
leurs corps se recouvraient sans cesse d'un voile
mystérieux. Le préfet, plus en colère que jamais,
ordonna que leurs têtes fussent tranchées de suite,
et que leurs dépouilles mortelles demeurassent

(*) Passage de S. Jean Chrysostôme.

sans sépulture , comme celles des autres victimes
immolées à sa fureur et à son aveuglement pour
l'idolâtrie. Les anges et les saints célébrèrent cette
victoire ; et plus de trois mille fidèles reçurent
les palmes du martyre, et arrosèrent de leur sang
ces catacombes que les curieux , les voyageurs,
les pèlerins visitent encore aujourd'hui avec éton-
nement et respect ; ils y remarquent ces taches
de sang empreintes depuis des siècles sur le pavé,
les lambris et les pilastres en pierres blanches.
On y conserve soigneusement, dans des chapelles
fermées à clef, des tiares, des couronnes , des
vases, des autels, des corps morts embaumés,
ceux entre autres de saint Epiphane, de Cécile,
d'Agnès, de Valérius ; et une fois l'an, le 22 novembre, en commémoration de ces martyrs, on
célèbre dans ces mêmes catacombes une messe
en musique où se rassemble une grande foule de
peuple, et tout ce que la ville de Rome renferme
de plus illustre par sa naissance et sa piété.

Cet acte de barbarie excita un murmure gé-
néral parmi le peuple romain , qui avait beaucoup
d'attachement pour Julius-Valérius,et une grande
vénération pour Cécile, regardée par les païens
mêmes comme une vierge protégée du ciel, et
un ornement de la ville des Césars, par sa beauté,
ses vertus, ses talens. Mais celui qui se montra
le plus indigné, fut l'empereur Dioclétien , qui,
en vieillissant, commençait à se modérer et à
s'adoucir; il entra dans une vive colère quand il
apprit que le préfet de Rome s'était permis de
faire supplicier un lieutenant de son palais, et

cette Cécile, illustre par sa famille ; Cécile qu'il
honorait au fond de son cœur, et qu'il appelait
la perle chrétienne de Rome et de son empire :
c'est pourquoi il arrêta dans son conseil que Polinius, ayant abusé de ses droits et profané la
justice impériale, aurait la main droite coupée
publiquement ; et que lui et sa famille subiraient
un exil perpétuel dans une région isolée sur les
bords de la mer Noire, à l'embouchure du fleuve
qu'on appelle aujourd'hui le *Wolga*, et où Ovide
avait été exilé par Auguste. En vain Polinius em-
ploya ses amis pour ravoir les bonnes grâces de
l'empereur ; il subit son exil misérablement avec
sa femme, sa fille et un neveu : ils y moururent
tous.

Rome se réjouit long-temps de cette sévérité de
justice. Pour l'empereur, se dégoûtant insensiblement du trône et de l'autorité suprême, il abdi-
qua en faveur de Maximien-Galère, et se retira à
Salone, lieu de sa naissance, où, comme assurent
des historiens véridiques, il déplora son ambition,
se repentit amèrement d'avoir été roi, et connut
néanmoins dans le repos d'une vie tranquille le
bonheur qu'il n'avait pu trouver sur le trône.
Dioclétien se rappelant les fautes qu'on lui avait
fait commettre pendant un règne de vingt-cinq ans,
l'abbé de Vertot fait ainsi parler ce prince :
« Rien n'est plus difficile, disait Dioclétien, que
de bien gouverner : quatre à cinq personnes se
liguent ensemble pour tromper le souverain, et
lui montrent les choses sous la face qui leur est
favorable ; le prince, renfermé dans son palais,

ne peut connaître la vérité par lui-même ; il ne
sait que ce que ces personnes lui disent ; il met
dans les places les méchans qu'il devrait éloigner,
et il destitue les bons qu'il devrait conserver. En
un mot, malgré les intentions les plus droites,
malgré sa sagesse et ses prévoyances, le meilleur
des princes est souvent trompé, trahi, vendu ; il
est le jouet et la victime des courtisans qui lui
dérobent la vérité (*).

Ainsi, pour finir ce récit par un trait de Suétone, je dirai : *Bonus, cautus, optimus venditur
imperator;* paroles excellentes et bonnes à savoir,
non-seulement pour les rois, mais encore pour
les hommes revêtus de quelque grande dignité,
qui de même doivent toujours craindre d'être
trompés, trahis, vendus par ceux qui les appro-
chent de plus près.

(*) Voy. les Révolutions romaines par l'abbé de Vertot.

FIN.

LA MÈRE AFFLIGÉE,

ODE ÉLÉGIAQUE.

Sur la mort de MARIE-LOUISE ASPASIE de la S....
âgée de 15 ans.

A N..., le 12 juillet 1812.

> *Domine , filia mea defuncta est....*
> Seigneur, ma fille est morte....
> (Evang. S. Matth.)

QUELLE auréole a brillé sur sa tête ?
Les séraphins du ciel sont descendus;
Du sacrifice, hélas ! l'heure s'apprête;
Ma fille, adieu , je ne te verrai plus !
Ange de paix , fille digne d'envie ,
Même en mourant tu ressens dans ton cœur
L'espoir sacré d'une seconde vie ,
Qui te promet le céleste bonheur.

———

Avec transport des voûtes éternelles
L'archange heureux descend pour te ravir;
Et te couvrant de ses brillantes ailes ,
Reçoit ton âme et ton dernier soupir.
D'un froid sommeil ta paupière assoupie
Languit, s'éteint avec tranquillité ;
L'œuvre de Dieu dans toi s'est accomplie ,
Et devant toi s'ouvre l'éternité.

———

Eternité ! ! ! que ce mot est terrible
Au cœur lassé déjà par le remord ;

3.

Ce cœur éteint, sec, aride, insensible,
Dédaigne ensemble et la vie et la mort;
A bénir Dieu pourrait-il se contraindre
Ce cœur flétri que rien ne peut charmer?
Il n'ose pas s'empêcher de le craindre,
Mais il ne peut se résoudre à l'aimer.

―――――

Ah, ma Louise! ô fille bienheureuse!
Pour adoucir quelquefois mon tourment,
Tu me verras, dans ma douleur pieuse,
Venir m'asseoir sur ton saint monument;
Fuyant le monde et les fêtes publiques,
A la lueur de ce pâle flambeau,
J'écouterai tes accens prophétiques,
Qui m'instruiront du fond de ce tombeau.

―――――

Laisse ton corps de cendre et de poussière
Dans ce tombeau; la voix du Tout-puissant
L'animera d'un éclat de lumière
Qui doit briser les portes du néant:
Oui, ma raison à la mort rend les armes;
Je m'humilie et je cède à sa loi.
O vous, hélas! ne blâmez point mes larmes;
Mères, venez en répandre avec moi.

―――――

O Dieu puissant! vous me l'avez ravie
Cette brebis, mon plus cher ornement;
Mais il fallait aussi m'ôter la vie
Et m'enfermer au même monument:
Ainsi l'on voit l'agreste et simple rose

Un seul matin embellir nos vallons,
Et cette fleur, encore à peine éclose,
Tomber, périr sous les noirs aquilons.

———

De toutes parts des mères éplorées,
Ainsi que moi, soupirent leurs regrets,
Pleurent, hélas! leurs filles expirées,
Et vont parer leurs tombes de cyprès....
Quoi! je devais sur les bords de la Loire
Me séparer de ce bien précieux,
De cette fille, idole de ma gloire,
Mais aujourd'hui la conquête des cieux.

LE PÈRE AFFLIGÉ.

STANCES.

Sur la mort de MARIE-ROSALIE-CÉCILE-VIRGINIE DESM******
DE LA S**** (âgée de 22 ans).

A Nantes, le 5 août 1815.

Doleo super te....
Je pleure sur toi....
Reg. v. 26.

ENTR'OUVRANT le tombeau d'un air victorieux,
La Mort a retenti comme au jour du tonnerre:
O ma fille! triomphe ; en fuyant cette terre,
Tu quittes les enfers et t'élèves aux cieux.

O séparation ! perte que je déplore !
Cruel chagrin pour ta mère et pour moi !
Au moins nous reste-t-il une image de toi :
En possédant ton fils, nous te voyons encore.

———

Fille chérie, hélas ! la tristesse et le deuil
Changent en crêpe noir la robe d'hyménée :
O douleur ! ô pitié ! ta mère infortunée
Vient de ses tendres pleurs arroser ton cercueil.

———

Pourquoi sur tes précieux restes
Sangloter douloureusement :
Ah ! si ton corps sommeille ici paisiblement,
Ta belle âme respire aux demeures célestes.

———

Vous jeunes sœurs pleines d'attraits,
Quelle destinée est la vôtre ;
Que vos morts se touchent de près !
Que vos tombeaux sont voisins l'un de l'autre !
Que la vie offre peu d'instans !
Qu'elle est triste souvent, desséchée et déserte !
Combien nous reste-t-il de temps
Pour pleurer encor votre perte ?
Nous pleurons, mais dans ce moment
Nous marchons à votre demeure,
Nous allons entrer tout à l'heure
Sous vôtre même monument.

———

NOTES.

Page 3. — Descend, ye nine ! descend, etc.

POPE fit cette belle ode pour servir de modèle, comme Dryden, qui en avait fait une sur Octavie pour servir également de règle aux jeunes poëtes. — On sait que l'une des plus malheureuses femmes de l'antiquité, est Octavie, femme de Néron. Tacite fait frissonner quand il nous dit tout ce que cette princesse, belle et jeune, eut à souffrir avec son mari. Néron redoubla ses cruautés envers Octavie du moment qu'il se passionna pour la méchante Poppée, qui devint seconde femme de Néron. Ce dernier fit mettre un jour Octavie dans un bain chaud, lui fit ouvrir les veines par des esclaves, et se donna le plaisir de la voir expirer ainsi, en lui faisant toutes sortes d'outrages : Octavie avait alors vingt-cinq ans, et elle était aussi belle que chaste : c'est à Néron, qu'une suivante d'Octavie dit ces excellentes paroles, rapportées par Tacite : *Mundior est, Nero, vulva dominæ meæ, quàm os tuum.*

Page 10. — Ces trois colonnes brisées, restes d'un ancien temple élevé à AUGUSTE, etc.

Elles me rappellent en ce moment une lettre que j'écrivais, le 17 mai 1811, au savant abbé M. de Vay, sur les antiquités de Rome, que l'empereur faisait alors

pour ainsi dire , exhumer ; comme elle contient, je
crois, des détails curieux , je la reproduirai ici pour
l'agrément des amateurs :

MONSIEUR,

M. Mingue est toujours à Rome ; il m'a envoyé une
carte au lavis , où l'on voit un reste des beautés réelles
de la magnificence des Romains , dans leurs monumens
d'architecture, se découvrir de jour en jour sous les
yeux par des travaux multipliés et extrêmes ; c'est-à-
dire qu'on exhume la Rome ancienne de la Rome moderne. Tâchons , Monsieur, de vous donner ici un dé-
tail exact du dessin de M. Mingue , cela nous amusera
l'un l'autre, qui aimons beaucoup l'architecture des
anciens.—Déjà à Rome , vous jouissez de la vue entière
d'un grand nombre d'édifices qui étaient tellement en-
combrés, qu'on les distinguait à peine ; telle se présente une nef du temple de la Paix ; ce monument
superbe , bâti par Auguste , et dont Palladio , célèbre
architecte moderne , avait deviné et calculé admirable-
ment le plan (ainsi qu'on peut s'en assurer dans la
préface de ses OEuvres). — Vous jouissez de la vue et
du dépouillement des trois belles colonnes en marbre,
seul débris d'un vaste temple qu'Auguste avait élevé à
Jupiter-Tonnant.—Vous admirez la statue équestre de
Marc-Aurèle , aussi-bien que les huit belles colonnes
enfouies d'un granit oriental, qui appartiennent, selon

l'antiquaire Visconti, à un ancien portique du temple
de la Concorde. — On assure que vous marcherez avant
peu dans l'ancienne Voie sacrée; qu'on en a déjà trouvé
le niveau. — Vous passerez aussi, comme il y a quinze
à dix-huit cents ans, sous l'arc de triomphe de Septime-
Sévère, resté debout depuis l'écoulement de tant de
siècles, précieux chef-d'œuvre de l'architecture des anciens. — On déterre aussi pour vous, Monsieur, la co-
lonnade de marbre Cipoléin, péristyle, comme le disent
les Pyranèses, d'un temple en l'honneur d'Antonin.—
Les ruines du vieux forum vont être mises dans leur
véritable point de vue, également que les trois magnifiques colonnes en marbre blanc de cinquante pieds
d'élévation, et que l'abbé de Winkelmann et l'abbé
Dubos disent être un ancien reste d'un temple élevé à
Jupiter-Stator ; rien de mieux fini, de plus pur que
les chapiteaux corinthiens de ces trois colonnes, uni-
qués par leur élégance et leur proportion. — L'arc de
Titus brille en son entier comme la première fois, de
même que le Colysée (ou mieux dit, l'amphithéâtre de
Vespasien, qui pouvait contenir plus de cent mille
spectateurs assis sur des gradins, et plus de soixante
mille debout dans les portiques qui soutenaient ces
immenses gradins). Ce Colysée, dis-je, et le Panthéon,
enveloppés, il y a peu de mois, de ruines, de ronces,
de lierres, de décombres, apparaissent aujourd'hui, des
monumens les plus imposans qui nous restent de la
grandeur et du génie des Romains. — On déblaie l'arc
de Janus et le temple de la Fortune, qu'on attribue à

Servius-Tullius. On répare l'arc de triomphe élevé à Constantin après sa victoire sur Maxence. — On reconstruit sur le Tibre le fameux pont de Sublicius, plus connu sous le nom d'*Horatius Coclès*, à cause du combat de ce fameux capitaine. Tout cela, Monsieur, se découvre de jour en jour, se restaure, s'embellit pour vous et pour moi, si nous allons à Rome, sans que pour cela la belle église de S. Pierre (du Bramante et de Michel-Ange), les palais modernes de Fiano, Chigi, Doria, Ruspoli et autres semblables, ne cessent de gagner notre admiration, comme ces restes d'antiquités sublimes que je vous retrace dans cette lettre que je vous écris des bords de la Loire, à N..., où on vient d'achever merveilleusement une bourse de commerce à péristyle de dix colonnes d'ordre ionique, édifice élégant et d'une pureté de dessin qui fait honneur à l'architecte, M. Crucy : figurez-vous le modèle du temple de Vesta à Rome, ou bien celui de la Fortune, érigé à Athènes par les ordres de Périclès.

Page 11. — Les fêtes panathénées en l'honneur de Minerve, etc.

Il y a des auteurs qui disent que ces fêtes ne furent fondées qu'après la bataille de Marathon, plaine à quelque distance d'Athènes, où Miltiade avec dix mille Athéniens défit l'armée des Perses, forte de cent mille hommes d'infanterie, et de dix mille de cavalerie : les fêtes pana-

thénées se célébraient long-temps avant la journée de
Marathon, et réellement en l'honneur de Minerve.

Page 13. — Nos prêtresses, nos Sibylles, etc.

On a toujours cru que les Sibylles avaient prédit la
venue du Messie. Bien des savans et plusieurs pères de
l'Église, entre autres, S. Augustin, rapportent à Jésus-.
Christ ces vers célèbres de la quatrième églogue de Vir-
gile qui commencent ainsi :

> *Ultima cumæi venit jam carminis ætas;*
> *Magnus ab integro sæclorum nascitur ordo;*
> *Jam redit et virgo,* etc. etc.

« Enfin voici le temps qu'en prophétiques vers
« La Sibylle autrefois promit à l'univers
« Une vierge sans tache......

(Voyez la traduction de M. Delille.)

Page 15. — Le culte sacrilége des idoles et des deux principes.

On sait qu'Oromaze et Arimane, dans la théogonie des
anciens Perses, étaient le principe du bien et le principe
du mal ; les païens invoquaient ces deux principes, mais
sous des noms différens. (Voyez à ce sujet les *Lettres
athéniennes,* par une société savante de l'université d'Ox-
ford.)

Page 17. — Mais un chrétien en qui la foi domine, etc.

Sur le mépris qu'un chrétien courageux doit avoir de la mort, on a remarqué deux beaux vers dans la tragédie de *Maximien*, par Madame Barbé :

« Un stoïque chrétien, dédaigneux de son sort,
« N'effleure que la vie, et savoure la mort. »

Cette tragédie, où respire un génie élevé, a paru en 1814.

Page 22. — L'esprit de Dioclétien, en vieillissant, etc.

On a attribué quelquefois, mal à propos, à Dioclétien le mot ironique très-connu que rapporte Suétone dans la vie de Vespasien, et qu'il met dans la bouche de cet empereur : *ut puto, deus fio.* On a pu permettre cette ironie plaisante à un païen.

Page 21. — AGNÈS, âgée de quatorze ans, mais qui ne craint pas de mourir, etc.

Agnès était fille d'un chevalier Romain, et descendait, du côté maternel, de Paul-Emile. Elle fut martyrisée sous le règne de Dioclétien, à quatorze ans (et non dans les catacombes, comme je me plais à le dire dans ma narration). Elle fut martyrisée hors de la ville de Rome sur la grande place qu'on appelait *Pagus*, là où les fidèles condamnés recevaient la mort et la couronne du martyre : le massacre des chrétiens dans les catacombes n'arriva que trois ou quatre ans après sa mort, et il n'est même pas bien assuré que sainte Cécile y fut victimée, puisqu'il y a des légendistes qui la font vivre au quatrième siècle, et d'autres au sixième. — Le Dominiquin nous a laissé un magnifique tableau du martyre de sainte Agnès ; Jésus lui envoie la palme du martyre, et on voit Astasius qui tombe mort après avoir mis le feu au bûcher qui doit brûler vivante la jeune prédestinée. Ce tableau, ainsi que tant d'autres chef-d'œuvre, a été enlevé du Musée l'année dernière par les alliés.

Page 28. — Sous votre même monument.

Au cimetière de Miséricorde on voit, à côté l'un de l'autre, les deux tombeaux en marbre de ces deux sœurs si regrettées.

FIN DES NOTES.

Imprimé en France
FROC021930141020
25421FR00012B/175

9 782329 474199